PIECES

COMPOSÉES

A L'OCCASION

DE LA FESTE

De Monsièur P***.

En 1758.

A

L'EDITEUR

A SA FEMME.

Pour décorer mes Vers, quelle heureuse ressource!..
Imprimer sous ton nom (ô MA CHERE MOITIÉ)
Les tributs de l'*Amour* & ceux de l'*Amitié*.
C'est les renvoyer à leur source.

ACTEURS DU PROLOGUE.

SOPHIE, Niéce de Madame P....

L'AMOUR, Monfieur du T....

LA RECONNOISSANCE, Mademoifelle
de la P.... autre parente de Madame P....

AVERTISSEMENT.

LA Comédie de *Nanine* & celle de la *Pupile*, dont
on a donné, ce jour-là, une repréfentation, ont été pré-
cédées du Prologue que l'on va lire : il eft de Madame
P..... La *Fable*, de M. l'Abbé de V.... Les *Vers*
qui la fuivent font de M. de G.... Le *Vaudeville*, de
M. M.... L'*Ariette*, en forme de Cantatille, eft de M.
de B.... tant pour les paroles, que pour la Mufique.
Et le *Remerciment* qui termine ce Recueil, eft de M.
P.... qui a eu l'avantage d'être l'objet de cette agréa-
ble Fête.

PROLOGUE.

SCENE PREMIERE.

SOPHIE, L'AMOUR.

SOPHIE.

QUEL petit importun ! Quoi, vous fuivrez toujours mes pas.

L'AMOUR.

Oui, toujours, jufqu'à ce que vous m'ayez appris
le fujet qui vous attrifte. Quoi ! tandis que l'allégreffe
régne ici de toutes parts, que chacun à l'envie s'empreffe à former des Fêtes pour célébrer celle du Mortel
le plus chéri, vous feule avez l'air d'y être indifférente ;
n'y êtes-vous pour rien ?

SOPHIE.

Et voilà juftement le fujet de mon chagrin.

L'AMOUR.

Qui vous en a excluc, vous y avez un fi jufte droit ?

SOPHIE.

Ma langue, qui ne peut exprimer les fentimens de
mon cœur.

A ij

L'AMOUR.

Vous n'avez qu'à m'y laiſſer lire, je vous ſervirai d'interprète.

SOPHIE.

Vous, pauvre enfant ! Qui êtes-vous ? Qui vous a appris l'art de lire dans les cœurs ?

L'AMOUR.

C'eſt un droit que j'ai acquis en naiſſant. Mon nom eſt l'Amour.

SOPHIE.

L'Amour ! Ah ! je ne veux nul commerce ave cvous ; on m'a fait de votre caractere un portrait effrayant : Mais vous me trompez ; l'Amour, m'a-t-on dit, a un bandeau & des aîles.

L'AMOUR.

Il eſt vrai ; mais Amarillis les a coupés, & Tircis a brulé mon bandeau.

SOPHIE.

Quel âge avez-vous ?

L'AMOUR.

Treize à quatorze ans.

SOPHIE.

Je ſavois bien que vous me trompiez : on m'a toujours dit que jamais l'Amour n'a vécu ce temps, & qu'avec l'Hymen il meurt preſque toujours au berceau ; par extraordinaire il va quelquefois à ſix mois, mais le plus vieux n'a jamais paſſé l'année.

L'AMOUR.

Ceux qui vous ont donné ce préjugé, n'ont jamais connu le véritable Amour ; dans le monde il en eſt tant qui en prennent le nom : l'Hymen ſera toujours ſûr de le faire vivre par l'eſtime & la tendreſſe réciproque.

PROLOGUE.
SOPHIE.

Suppofons que vous foyez le véritable, à quoi pou-
vez-vous m'être utile dans cette Fête ?

L'AMOUR.

Apprenez, ma chere enfant, qu'il n'en eft point où
je ne préfide. Si je n'étois pour quelque chofe dans la
tendreffe de vos parens, la fimple amitié préviendroit-
elle journellement vos défirs ; & vous-même pourriez-
vous bien aujourd'hui, fans moi, marquer toute votre
reconnoiffance ?

SOPHIE.

L'Amour perfuade tout ce qu'il veut : je vous charge
donc d'être mon interpréte, & je vais reprendre ma
gaité.

*Ici l'Amour prenant part à la Fête, récite une petite
Fable, pour rendre les fentimens de tendreffe & de reconnoiffance de Sophie envers fon oncle & fa tante.*

L'AMOUR.

Sophie, heureufement,
Ne parle pas encor François correctement ;
Je me charge de fa harangue ;
Si j'étois fon Maître de Langue,
Elle profiteroit bien plus rapidement :
Mais loin d'être attentive à ce qu'on lui veut dire,
Elle traite en enfans tous les petits Amours ;
Leur dérobe leurs traits, les raille, les attire,
Se cache & fe décéle en éclatant de rir :
A chaque inftant nous apprenons fes tours :
C'eft l'efpiégle de mon Empire.
Cependant, à la fin, j'ai trouvé le moyen

De la fixer fans la féduire ;
    Et j'ai fait choix , pour la conduire,
D'un Oncle qui fait être aimable & citoyen ;
    Qui , de l'Etat , fous-divife les claffes.
Profeffeur de Plutus & du Sacré Vallon ,
Il paffe des calculs aux concerts d'Apollon ,
Et tient à fon Bureau le Mérite & les Graces ;
Par conféquent Sophie avoit des droits fur lui ,
L'Epoufe la plus tendre étoit d'intelligence.
Sûre de leurs bienfaits , sûre de leur appui ,
    La Niéce, en cette circonftance,
    M'a laiffé voir fon ame à découvert ;
J'ai prononcé le mot de la Reconnoiffance ,
    Et j'ai trouvé fon cœur ouvert.

SCENE II.

SOPHIE, L'AMOUR, LA RECONNOISSANCE.

LA RECONNOISSANCE.

Alte-là, s'il vous plaît : j'ai tout entendu, & votre rôle finit où le mien va commencer.

L'AMOUR.

Mais il faut bien que pour Sophie je....

LA RECONNOISSANCE.

Taifez-vous , Monfieur le babillard , il y a une heure que vous parlez pour votre compte.

L'AMOUR.

Mais, qui êtes-vous , pour m'impofer filence ?

LA RECONNOISSANCE.

La Reconnoiffance qui a eu le droit , avant vous, de lire dans le cœur de Sophie : comme mon cœur &

le fien font animés du même zéle, ma langue à tous
deux fervira d'interpréte.

L'AMOUR.

Faifons la paix & foyons d'intelligence pour célébrer
la Fête de notre Bienfaiteur.

LA RECONNOISSANCE.

Qu'au but de vos défirs tout l'Olympe vous méne !
Ce jour eft votre Fête, incomparable ETIENNE;
Unique entre les jours qui nous éclaireront,
Ce beau jour a porté jufques fur notre front,
    Le pur éclat qu'il tient du vôtre :
     C'eft votre Fête, c'eft la nôtre,
     C'eft celle enfin de tous les cœurs;
    Dont vos bienfaits, inceffamment vainqueurs;
    Ne font partout qu'une conquête.
En faveur des Mortels, fi nos vœux entendus,
Oncle trop généreux, vous portoient jufqu'au faîte
    Des honneurs qui vous feroient dûs,
De tous nos demi-Dieux ce jour feroit la Fête
    Et le triomphe des Vertus.

Fin du Prologue.

VAUDEVILLE.

Par Monsieur M * * *.

PAR les plus aimables tranſports
Notre zéle ici doit paroître ;
Puiſſions-nous, par nos doux accords,
Plaire à l'objet qui le fait naître :
Que tout s'anime en ces beaux lieux :
Pour DAMIS nous formons des vœux,
Dont nos cœurs feront les vrais gages,
Qu'il vive, qu'il vive autant que ſes Ouvrages.

Qu'un autre, dans des vœux plus beaux,
Le ſouhaite au rang des Quarante ;
Et pour couronner ſes travaux
Qu'il le place entre les Soixante.
Tant de richeſſes, tant d'honneur,
Ne ménent point au vrai bonheur,
Et nos deſirs ſont bien plus ſages,
Qu'il vive autant que ſes Ouvrages.

Uni, par la main des Amours,
A l'objet touchant qu'il adore,
DAMIS voit, de ſes heureux jours,
Renaître à chaque inſtant l'Aurore,
Leurs nœuds, formés par les Vertus,
Se reſſérent de plus en plus.
Pour en goûter les avantages,
Qu'il vive autant que ſes Ouvrages.

Veut-il, par les plus tendres chants,
Célébrer Lise ou Delphinie ?
On croit entendre les accens
Du Dieu puiſſant de l'Harmonie :
On dit même que les neuf Sœurs,
Liſant, un jour, ſes Vers flateurs,
Lui donnoient ainſi leurs ſuffrages,
Qu'il vive autant que ſes Ouvrages.

Ah ! pour eſquiſſer ce tableau,
C'eſt peu de n'avoir que du zéle ;
Je ſens que mon foible pinceau,
Jamais n'atteindra ſon modéle :
Mais, de ſes plus vives couleurs,
L'Amitié l'a peint dans nos cœurs.
Pour en recevoir les hommages,
Qu'il vive autant que ſes Ouvrages.

ARIETTE.

Par Monsieur de B***.

Chantez en ce beau jour
Un Mortel que les Dieux chériffent ;
Que vos voix applaudiffent,
Que chacun, tour-à-tour,
S'empreffe,
Sans ceffe,
A lui marquer le plus fenfible amour.
Chantez, &c.

Que l'Echo fidéle
Devance les momens,
Où fes rares talens
Vont le placer à la gloire immortelle.

CHANSON.

Par Monſieur Va***.

Sur l'Air: *Ne croyez pas que je demeure plus longtemps à table avec vous.*

Ne croyez pas que cette Fête
Pour vous ſeul ait mille douceurs,
Croyez un fidele interpréte,
C'eſt la Fête de tous nos cœurs.

REMERCIMENT.

De M. P***.

DANS le raviffement de mes fens enchantés,
          Daignez, par des regards affables,
Daignez encourager mes efprits agités :
Je vais payer, MESSIEURS, par la moindre des Fables,
          La plus douce des vérités.

❦

LE moins intéreffant des Hôtes de ces Bois,
Un Moineau franc, fans art, fans culture & fans voix,
          Mais que l'indulgente Nature
'Avoit rendu fenfible au mérite d'autrui,
Eut le bien, le plus cher pour l'âme droite & pure,
Des amis. Des amis... Quel tréfor aujourd'hui !...

❦

     TOUS les Oifeaux du voifinage,
Pour fêter le Moineau, s'affemblérent un jour ;
Et chacun voulut bien, dans ce riant féjour,
Préparer, apporter, offrir pour appanage
     L'Amitié, l'Eftime & l'Amour.

❦

C'EST là que, sans apprêts, la Colombe intéresse
Par sa respectable candeur ;
C'est aussi là, que, sans fadeur,
La Tourterelle enchanteresse,
Fait éclater sa flâme & briller son ardeur.

❧

ON entend les accens des Fauvettes aimables,
Et la jeune Linotte y fait, avec gaîté,
Eprouver les plaisirs, rares & désirables
De la décente Volupté.

❧

POUR donner, à la Fête, encor de nouveaux charmes,
Les Serins, les Pinsons & les Chardonnerêts,
Avec les Rossignols, les *Lullys* des Forêts,
A mille autres attraits vinrent joindre leurs armes.

❧

QUEL moment !.... Quel spectacle !.... Amis, dit le
Moineau,
De ma vive reconnoissance
Comment vous tracer le tableau ?
A mille Sentimens vous donnez la naissance ;
J'en goûte les douceurs, j'en connois la puissance ;
Mais ils sont au-dessus de mon foible pinceau.

❧

Que mon attachement, du moins, vous dédommage
D'un Art que je n'ai pas, de ces Talens vainqueurs
Dont j'aime à voir, en vous, la féduifante image;
Que mon âme, à la vôtre offre un fincére hommage;
    Le cœur feul eſt le prix des cœurs.

F I N.

www.ingramcontent.com/pod-product-compliance
Lightning Source LLC
LaVergne TN
LVHW012335060726
842524LV00017B/2854